Pascal F ~ Philipp Niemeyer ~ Amanda Maier

Vernichtende Liebe

dem tot so nah

AF284137

Thriller / Erotik

Bibliografische Information der Deutschen Nationalbibliothek:
Die Deutsche Nationalbibliothek verzeichnet diese Publikation in der
Deutschen Nationalbibliografie; detaillierte bibliografische Daten sind
im Internet über http://dnb.dnb.de abrufbar.

© 2020 Pascal F., Philipp Niemeyer, Armanda Maier

Lektorat: Autoren
Korrektorat: Autoren

Herstellung und Verlag: BoD – Books on Demand, Norderstedt

ISBN: 978-3-7519-5399-3

Übersicht der Autoren

Amanda Maier, stammt aus dem tiefsten Lippe, ist Mutter dreier Kinder und lebt nach eigenen Angaben, weites gehend zurückgezogen mit Mann und Kindern, hinterm weißen Lattenzaun. Sie schreibt seit vielen Jahren, vor allem personalisierte Kurzgeschichten mit sexuellen Inhalten, sodass sie sich im Laufe der Zeit mit den verschiedensten sexuellen Facetten auseinandersetzten konnte. Durch die oft außergewöhnlichen Thematiken ihrer Werke lässt sie ihre Leser/innen gern in Abgründe blicken, die sowohl sexuell anregend wie auch gesellschaftlich verstörend wirken können.

Über den Autor **Pascal F.** ist nicht sehr viel bekannt. Er wuchs in einer Kleinstadt mitten im schönen Lipper-Land auf. Seine Mutter ist Friseurin und bot ihm immer viel Liebe und Halt. Seinen leiblichen Vater kennt er nur flüchtig. Er interessierte sich in seiner Kindheit für das Theaterspielen. Schon früh hat ihn das Schreiben fasziniert aber sich nie getraut seine Worte auf Papier zu bringen. Doch seine besten Freunde haben ihn ermutigt seine Geschichten endlich zu erzählen.

Philipp Niemeyer verbrachte seine Kindheit in einem idyllischen Dorf der lippischen Toskana. Er erarbeitete sich eine staatliche Anerkennung im pädagogischen Bereich. Nach dem Studium in Wirtschaft, Verwaltung sowie Psychologie in Berlin arbeitet er in unterschiedlichsten Einrichtungen der frühkindlichen Pädagogik. Nachdem er zunächst in seiner Freizeit Kinderbücher verfasste, widmete er sich später zu Fachbüchern und kleinen Roman. Philipp Niemeyer schrieb zudem Theaterstücke für Kinder und eine Sammlung von Kurzgeschichten mit befreundeten Autoren. Der Vater von einem Sohn lebt mit seinem Ehemann und mehreren Tieren in Deutschland.

Liebe und macht.

Spiel der Liebe.

Vertraue ihm nicht.

Sie wird Dein Schicksal

Vertrau ihm

Sollte ich sterben

Ich vertraue dir

Drei Freunde haben es gemacht

Lies es nicht

Sei ein guter Leser

Das buch wird dich verändern

Wenn es nicht passiert?

Gestern konnte ich noch schlafen

Verschenk mich nicht

Dankbar

Inhalt

Im Bezug auf die Spannung, wird bei Kurzgeschichten auf Seitenzahlen verzichtet.

Dunkel in mir

von Pascal F.

KAPITEL 1

Nichts. Sie spürte einfach nichts. Zumindest redet sie sich das immer und immer wieder ein. Wie lange lag sie schon in dieser Dunkelheit? Wie lange war sie bereits hier eingesperrt? Stunden fühlten sich wie Tage an. Tage wie Wochen. Wo ist sie. Wird sie vermisst? Vermisst sie denn niemand? Und wie zur Hölle konnte sie ihm so vertrauen. Wie blöd war sie, dachte sie sich, dass sie so einem Monster vertrauen konnte. Warum hat sie es nicht kommen sehen. Sie hat doch immer auf ihre Menschenkenntnis vertrauen können. Bei wem lag sie noch so stark falsch? Immer wenn er den Raum betrat, konnte sie seine Anwesenheit spüren, auch wenn sie ihn nicht sehen konnte. Es war dunkel. So finster. Tief Schwarz. Sie konnten seinen warmen Atem auf ihrer kalten Haut spüren. Das einzige an Wärme was sie an diesem trostlosen Ort spüren konnte. Jedes Mal, wenn er näherkam, sie ihn atmen hörte, lief ihr der Schauer den Rücken herunter. Gleich wieder fing er an sie zu küssen. Seine feuchte Zunge glitt an ihrem regungslosen Körper runter. Er glitt immer tiefer, bis zu ihren Schenkeln, die er langsam auseinanderschob. Ein kurzer Stoß, ein innerer Schrei. Immer und immer wieder. Sie kann sich nicht erinnern, wie oft er schon in sie eindrang. Diese Hilflosigkeit. Sie redete sich ein, sie würde jedes Mal weniger spüren. Die Qualen würden abschwächen. Doch so ist es nicht. Jedes Mal, wenn sie ihn in sich spürte, starb ein weiterer Hoffnungsschimmer auf Rettung und es wurde immer schwärzer in ihr. Diese tiefe Dunkelheit in ihr, diese Ungewissheit wann er wiederkommt. Wann war der Moment, wo sie hätte ahnen müssen, was für ein Monster er ist? Das kann doch nicht alles gewesen sein. Sie hatte doch noch so viel vor. Und der einzige Gedanke an dem sie festhalten konnte war: Wann werde ich sterben?

KAPITEL 2

Es war ein sonniger Frühlingstag. Sie saß auf einer Parkbank, umringt von Apfelbäumen, die ihre Knospen austrieben. Es war ihre Lieblingszeit - der Frühling. Wenn die Sonne sich wieder häufiger blicken ließ und die Tage wieder länger wurden. Die Düfte der blühenden Gewächse in der Nase, die ersten warmen Sonnenstrahlen auf ihrer vom Winter blassen Haut. Eine wunderbare Jahreszeit. Die schönste von allen. Und genau in dieser schönen Zeit, traf sie einen Mann. Dunkle kurze aber sehr dicke Haare. Ein schmales Gesicht. Versteckt hinter einer etwas zu großen Brille. Er fiel ihr sofort auf. Sehr groß, sportlich gebaut und er sah sie an. Nur sie. Sie, die einzige auf dieser Parkbank. Verunsichert von seinen Blicken, zögerte sie erst seine zu erwidern. Plötzlich trafen sich ihre Blicke doch. Ganz ungeniert, fast frech, setzte er sich neben sie auf die Parkbank. „Hey, ich bin John. Freut mich ihre Bekanntschaft zu machen." Sagte er ganz frei heraus. „Ich… Ich bin Laura.", erwiderte sie mit zittriger Stimme. „Bist Du öfters hier im Park, oder heute nur zufällig?", fragte er sie mit tiefer und eindringlicher Stimme. „Nein. Ähm Ja doch. Also ich bin öfters hier im Park unterwegs. Besonders zu dieser Jahreszeit.", antwortete Sie ihm mit Bedacht. Und so unterhielten sie sich noch Stunden, sitzend auf dieser Parkbank, umringt von blühenden Apfelbäumen an einem sonnigen Frühlingstag. Sie trafen sich häufiger und unterhielten sich stundenlang. Sie fühlte eine gewisse Seelenverwandtschaft und Geborgenheit in seinen Worten. Wie sanft er sie umarmen konnte, es waren so liebevolle Berührungen. Der Erste Kuss. Er schmeckte nach Erdbeeren und Glück. Seine weichen Lippen drückten sich auf ihre. Einen so zärtlichen Kuss, hatte sie noch nie in ihrem Leben gespürt. Dies Gefühl von Schwerelosigkeit. Ihr wurde ganz warm. Der Kuss wurde immer leidenschaftlicher. Seine feuchte Zunge verschmolz mit ihrer. Er hob sie hoch und trug sie in ihr Bett. Dort zog er sein T-Shirt aus. Sein durchtrainierter und braungebrannter Oberkörper viel ihr sofort ins Auge. Seine funkelnd großen schwarzen Augen durchbohrten sie mit seinem Blick. Lange sahen sie sich in die Augen, bevor sie ihre Bluse langsam öffnete. Er küsste ihre Brüste so sanft, seine Zunge glitt bis zu ihrem Bauchnabel hinunter. Er zog ihren Rock aus. Sie schämte sich etwas, da sie an diesem Tag keine Unterwäsche angezogen hatte. Was mag er nun von ihr denken? Doch ihm schien es nichts auszumachen. Er schmunzelte etwas, bevor er mit seiner Zunge immer tiefer glitt. Ihre Beine bewegten sich vor Lust auseinander. Sein Kopf verschwand zwischen ihren Schenkeln. Sie lehnte sich zurück, ihr Kopf viel sanft auf ihr weiches Daunenkissen. Sie fing leise an zu stöhnen. Vor Lust immer lauter. Seine Zunge drang immer tiefer in sie ein. Sie merkte wie feucht sie zwischen ihren Beinen geworden ist. Er hob seinen Kopf wieder hoch und fing an sie heftig zu küssen. Seine Zunge schob sich in ihren Mund. Es fühlte sich so leidenschaftlich an. Er schmeckte so gut. Sie spürte wie sein harter Penis zwischen ihren Schenkeln rieb und langsam in sie eindrang. Sie spürte ihn besonders intensiv, immer tiefer schob er sich in sie hinein. Sanfte, stoßende Bewegungen die sie immer heftiger spürte. Sein Becken stieß an ihres. Vor Lust verlor sie die Kontrolle und schrie auf und bettelte nach mehr. Er stieß immer fester zu. Seine Hände umgriffen ihre Handgelenke so stark, dass sie sich kaum noch bewegen konnte. Ihre feuchten, verschwitzen Körper rieben sich aneinander so fest, dass sie in einem lauten Stöhnen aufschrie „Ich komme, ich komme." Seine Bewegungen wurden immer schneller. Sie konnte seinen straffen Hintern im Spiegel vor dem Bett beobachten. Sie spürte wie sein Penis anfing in ihr zu zucken. Er pulsierte und zuckte ganz langsam. Sie konnte spüren wie er in ihr kam. Und da war es ihr plötzlich bewusst. Es ratterte in ihrem Kopf. Sie hatten kein Kondom benutzt. Die Pille nahm sie seit Jahren nicht mehr. Warum auch. Es traf sich ja doch keiner mit ihr. In all der Lust hat sie ihre Prinzipien vergessen. Eiskalt lief es ihr nun den Rücken herunter. Langsam glitt er aus ihr heraus. Wischte sich mit ihrer Bluse seinen noch immer erigierten Penis ab. Er guckte sie nicht mehr so liebevoll an wie noch zuvor. Er verschwand im Badezimmer. Verzweifelt suchte sie nach einer leeren Packung Kondome, einem benutzen Kondom. Aber nichts. Da war gar nichts. Was hatte sie getan? Sie kannte ihn doch erst seit ein paar Tagen. Wie konnte sie es nur soweit kommen lassen? Als er aus dem Badezimmer zurückkam, schmiss er ihr die dreckige Bluse hin. „Los. Zieh dich an. Ich habe Hunger." Sagte er in einem angespannten Ton, den sie zuvor noch nie von ihm gehört hatte. Sie setzte sich auf und zog sich ein sauberes T-Shirt über und ging in die Küche. Mit zitternden Knien stand sie in der Küche vor dem üppig gefüllten Vorratsschrank, versunken in ihren Gedanken. Was ist da nur passiert? Warum dieser schroffe Ton? Was hatte sie falsch gemacht? Hatte es ihm doch nicht gefallen? Es brodelt in ihrem Kopf. Gedankenversunken Griff sie nach der Packung Fertigpfannkuchen aus dem Vorratsschrak und einer Pfanne. „Schatz, bist du endlich soweit?" rief er aus dem Wohnzimmer. Wann haben sie sich

Kosenamen gegeben? Seit wann bin ich Schatz? Vielleicht sind wir jetzt ein Paar? Das ergibt doch Sinn. Schließlich trafen sie sich nun schon seit ein paar Tagen und hatten leidenschaftlichen Sex. Bei dem Gedanken an ihr Liebesspiel wurde ihr wieder ganz heiß. Etwas schwindelig und ihre Beine fingen wieder an zu zittern. „Ja. Ich bin gleich soweit." Erwiderte sie mit zaghafter, fast heiserer Stimme. Schnell bereitete Sie ihm die Pfannkuchen zu und servierte sie ihm im Wohnzimmer. Kein Dankeschön. Kein es schmeckt mir. Sie hätte erwartet, er würde sie für das nette Arrangement auf dem Teller loben. Oder wenigstens sich darüber freuen. Schließlich ist sie doch jetzt sein Schatz. Und er ist doch ihrer. Fast euphorisch überlegte sie sich die weiteren Schritte. Wird er um ihre Hand anhalten, jetzt wo sie sich auch das Bett teilten. Dann ertappte sie sich dabei, wie sie doch etwas naive Pläne schmiedete, an die sie zuvor nie gedacht hatte. Sie wollte doch nach ihrem Psychologiestudium erstmal als Psychologin arbeiten und Mensch helfen. Vielleicht ihre eigene Praxis eröffnen. Einen Mann hatte sie in ihre Planung nie mit einbezogen. Und plötzlich ist er da. Der Moment in dem sie doch alles überdenken würde. Ist er der Eine, der alles ändern wird? In ihr kribbelte es. Ihr Bauch fühlte sich so leicht an. Als wenn sie fliegen würde. Schwerelos wäre. Das ist ein schönes Gefühl. Ist das Liebe? Ist das diese Liebe, von der ihre Freundin immer erzählt hatte? Es ist ein schönes Gefühl, stellte sie fest. Es fühlt sich so angenehm an. Sie dachte sie wäre glücklich. Jetzt in diesem Moment ist sie die glücklichste Frau der Welt. Und da rutschte es ihr raus: „Sind wir jetzt ein Paar?" „Ja. Wir sind jetzt ein Paar. Du bist MEINS." Sagte er, ohne darüber nachzudenken und mit selbstbewusster Stimme. Ich bin jetzt seins. Das hört sich so schön an, dachte sie. Ohne darüber nachzudenken, dass seine Wortwahl doch etwas ungewohnt klang. Doch in diesem Moment übersah sie vor Glück die ersten Anzeichen.

KAPITEL 3

Sie trafen sich nun immer häufiger. Immer in dem gleichen Rhythmus. Sex, der sie zum Beben brachte. Gefolgt von Ignoranz seinerseits. Sie dachte sich nichts dabei. Vielleicht ist das völlig normal. Schließlich ist er ihr erster fester Freund. Schon fast peinlich ist es ihr, dass er ihr erster fester Freund war. Schließlich ist sie schon fast sechsundzwanzig Jahre alt. Ihre beste Freundin Kim hatte bereits ihren fünften festen Freund. Aber vielleicht ist sie auch kein guter Maßstab für solch eine Analyse. Schließlich geht Kim mit jedem ins Bett, der ihr gefiel. Hauptsache er hat einen funktionierenden Schwanz und weiß wie man damit umgeht, wie sie immer zu sagen pflegte. Sie ist nicht wie Kim. Eher zurückhaltend und beobachtend. Sie schmiedet gerne Pläne und plant ihr Leben gerne weit im Voraus. Deshalb ist es umso bemerkenswerter, wie schnell sie John in ihr Leben gelassen hatte. Der Sex wurde immer heftiger. Teilweise sehr einseitig. Er drehte sie immer öfter um, nahm sie von hinten. Und langsam gefiel es ihr nicht mehr so wie am Anfang. Aus ihren vor Lust zitternden Beinen, wurde schnell ein vor Respekt zitterndes Gefühl, bis hin zur leichten Angst. Jedes Mal, wenn sie sich trafen, schmiedete sie schon Pläne im Kopf, wie sie ihm heute sagen würde, dass sie sich nicht wohl fühlte und sie doch beim nächsten Treffen Sex haben könnten. Doch sobald sie versuchte die Worte, die sie sich in ihrem Kopf zurechtgelegt hatte zum Ausdruck zu bringen, kam aus ihrem Mund nur ein leises: „Bitte nicht". Ob er es gehört hatte? Ob er wahrgenommen hatte, dass sie sich gerade sehr unwohl fühlte? Er nahm sie an die

Hand. Zog sie in das Schlafzimmer und zog ihre Hose aus. Öffnete ihren BH und schmiss sie auf das so schön zurecht gemachte Bett. „Du mit Deinen blöden Kissen und Tagesdecke. So ein blöder Weiberkram." Fiel er mit schroffer Stimme ein, bevor sie etwas sagen konnte. Er drehte sie auf den Bauch, rotzte tief aus seinem inneren hoch. Plötzlich fühlte sie etwas Feuchtes an ihrem Hintern. Und bevor sie darüber nachdenken konnte, ob es das sei, wonach es sich anfühlte, spürte sie einen stechenden Schmerz. Er stieß mit voller Wucht zu. Sie konnte vor Schmerzen kaum schreien. Nur ein gequältes: „Bitte hör auf" konnte sie aus sich heraus zwingen. Doch er hörte nicht auf. Er stieß immer heftiger zu. Er stützte sich mit seinem vollen Gewicht auf ihr ab. Seine großen Hände hielten ihren Oberkörper fest, bis sie spürte, wie sein steifer Penis anfing in ihr zu zucken. Die festen Griffe auf ihrem Rücken lösten sich allmählich. Er zog seinen Penis aus ihr heraus, wischte sich diesen mit ihrem Shirt ab und ging ins Badezimmer. Sie lag regungslos da. Konnte sich vor Angst kaum bewegen. Sie hörte nur die Wohnungstür schließen. Er war wohl gegangen. Langsam stand sie auf. Die Tränen liefen ihr aus den Augen. Unkontrolliert weinend und zitternd stand sie nackt in ihrem Schlafzimmer. Wusste nicht wohin. Soll sie sich anziehen, oder duschen gehen. Was zu Essen kochen? Aber Hunger habe sie nicht. Sie konnte keinen klaren Gedanken fassen. In ihr waren so viele Gedanken. Sie wollte an einem festhalten, doch bevor sie ihn halten konnte, flog er schon weg und erschien ihr so nichtig. Nach ein paar Tagen, als sie sich sammeln konnte, war ihr klar geworden, dass sie ein Gespräch mit John führen müsste. Ein klärendes Gespräch, in dem sie ihm ihre Gefühle und Ängste aufzeigen konnte. Sie griff zum

Telefon und rief ihn an. Bat ihn heute noch vorbei zu kommen. Er willigte ein. Sie ging einkaufen, machte sich zurecht und kochte was Feines. Den Tisch deckte sie akkurat. Penibel achtete sie darauf, wie Messer und Gabel lagen. Wie die Gläser blitzten und die Servierten gefaltete waren. Sie wollte, dass es perfekt war. Der Abend ein voller Erfolg wird. Er sie wieder wie früher behandeln würde. So liebevoll und zart. Plötzlich. Die Türklingel, so schrill und durchdringend. Er war da. Sie wurde immer nervöser. Der Braten war doch nicht ganz fertig. Er war zu früh aufgetaucht. Sie öffnete ihm die Tür. „Hallo Schatz. Warum hat das so lange gedauert? Hast du geschlafen?" Begrüßte er sie. „Nein. Tut mir leid. Ich war in der Küche, um uns ein nettes Abendessen zu kochen und habe völlig die Zeit vergessen." Antwortete sie ihm zaghaft. „Hunger habe ich nicht mitgebracht. Du solltest wissen, dass ich um diese Uhrzeit nichts esse. Wie dumm bist du überhaupt? Kannst du nicht einmal aufpassen und nachdenken?" Fuhr er ihr ins Wort, mit lauter und aggressiv klingender Stimme. Sie setzen sich hin. Sie fing an zu erzählen, wie unwohl sie sich in der letzten Zeit fühlte. Wie sehr es ihr weh tat, wie er mit ihr umgegangen war. Eine Träne lief ihr die Wange herunter. Doch bevor sie den Satz beenden konnte, stand er auf, fuhr mit seinem Handrücken quer durch ihr Gesicht. Es riss sie zu Boden. Ihr rechtes Auge quoll an und war Blut untersetzt. Aus ihrer Nase floss Blut und tropfte auf den weißen Hochflorteppich. Er holte noch einmal aus. Dieses Mal mit seiner Faust. Er schlug ihr auf die Stirn. So oft und so fest, bis sie das Bewusstsein verlor und alles schwarz um sie wurde.

KAPITEL 4

Als sie ihre Augen wieder öffnete, war es dunkel. Sie konnte nichts sehen. Sie lag auf einer kalten und harten Oberfläche. Ihre Hände und Beine konnte sie nicht bewegen. Ihr Kopf tat weh. So einen Schmerz hatte sie zuvor noch nie gespürt. Es brannte ihr an den Handgelenken und Fußknöcheln. Sie spürte das sie irgendetwas festhielt. Ihr war so kalt. Einen leichten Windzug spürte sie auf ihrer nackten Haut. Sie zitterte am ganzen Körper vor Kälte und Hilflosigkeit. Wo war sie nur? Und wie ist sie an diesen unwirklichen Ort gekommen. Plötzlich hörte sie wie sich eine schwere und quietschende Eisentür öffnete. „Hallo! Hallo, ist das Wer?" fragte sie in den dunklen Raum hinein, brennend vor Schmerz in ihrer Kehle versuchte sie es erneut: „Ist das wer?" Stille. Keine Antwort. Keine Geräusche. Sie spürte nur einen warmen Atem auf ihrer nassen und kalten Haut. „Bist du es, John?" Bitte antworte mir" fuhr sie fort. Doch keiner antwortete ihr. Stattdessen spürte sie etwas Schweres auf sich. Es fühlte sich nach einem nackten Körper an. Plötzlich erschrak sie, als sie etwas in sich spürte. Vor Schmerzen schrie sie auf, doch eine Hand lag auf ihrem Mund und hielt sie fest. Bevor sie ihren Gedanken festhalten konnte, ihr bewusstwurde, was da gerade geschah, bemerkte sie wie von ihr abgelassen wurde. Bewegungslos lag sie dort. An diesem unwirklichen Ort, in vollkommener Dunkelheit. Dieser Prozess geschah so oft, dass sie aufgehört hatte zu zählen. Wie lange lag sie hier schon? Sie hatte jedes Zeitgefühl verloren. Mittlerweile bekam sie nicht einmal mehr mit, wie sich die Eisentür öffnete. Sie spürte erst, dass sich jemand im Raum befand, als sie den warmen Atem auf ihrer kalten Haut spürte. Ist das jetzt ihr Leben? Wird sie so sterben? In völliger Einsamkeit und absoluter Dunkelheit? Sie traute sich kaum sich darüber Gedanken zu machen, wie lange das hier noch weitergeht. Er wird doch irgendwann genug von ihr haben - dachte sie. Ihr schmerzte mittlerweile alles. Ihre Handgelenke brannten, ihre Kehle war so trocken, da reichten die paar Male nicht aus, wo er ihr etwas zu trinken gab. Ihr Kopf brummte und dröhnte vor Schmerzen. Immer wieder verlor die da Bewusstsein. Sie wusste nicht ob es von dem Schmerzen kam oder vor Erschöpfung. Plötzlich erschrak sie. Kaltes Wasser spürte sie auf ihrer Haut. Ein harter Strahl aus kaltem Nass erweckte Sie aus der Ohnmacht. Vermutlich spritzte er sie mit einem Schlauch ab. Das erste Mal seitdem sie hier lag, dass sie etwas anderes als seine warme Haut auf ihr spürte. Eine Abwechslung dachte sie. Vielleicht bin ich ihm doch nicht egal. Er möchte das ich frisch bin. Und dass es mir gut geht. Ja. So ist es. Schließlich gibt er mir ja auch etwas zu Essen und zu Trinken. Ich bin ihm also nicht egal. Bald wird er mich rauslassen. Bestimmt. Und wie sie so von einem Leben danach träumte, holte sie die bittere Realität ein. Er wird sie bestimmt nicht fei lassen. Schließlich besteht die Gefahr, die würde es der Polizei erzählen. Er macht sie doch nur sauber, damit sie nicht anfängt zu stinken und ihm beim Sex die Lust vergeht. Mit Essen und Trinken muss er sie ja versorgen, damit sie am Leben bleibt. Sonst hätte er doch keine lebende Sexpuppe mehr, für seine kranken Fantasien. Und so wurde ihr schnell wieder bewusst, sie wird hier niemals herauskommen. Das wird ihr Grab werden. Die Zeit verstrich nur so hin. Er kam sie immer weniger besuchen. Einerseits war sie froh, dass er anscheinend genug von ihr habe und die Lust auf sie gestillt sei. Doch auf der anderen Seite wurde ihr bewusst, wenn er genug von ihr haben sollte, was passiert dann mit ihr? Wird er sie töten? Einfach hinrichten und vergraben? Oder sie hier einfach in völliger Dunkelheit liegen lassen, bis sie verdurstete? Das kann nach all den Qualen doch nicht das Ende sein. Sie hat doch nach den ganzen Peinigungen und Vergewaltigungen, den Schlägen, mehr als das Verdient. Sie hat Gerechtigkeit verdient. Zumindest eine Chance auf Freiheit. Ein neues Leben. Sie ist fest entschlossen mit ihm zu reden. Sie wird, wenn er das nächste Mal kommt, sagen was ihr durch den Kopf geht. Und wie sehr sie Angst hat zu sterben. Sie wird ihm auch sagen und versichern, nicht zur Polizei zu gehen. Schließlich weiß sie ja auch nicht genau, wer sie dort festhält. Ja genau so wird sie es machen. Dieser Gedanke ließ sie etwas mehr an ein neues Leben glauben. Ein Leben ohne Angst. Ihr Peiniger wird bestimmt bald kommen, um sich wieder nehmen was er braucht. Und dann wird sie mit ihm reden. Doch er kam nicht. Er besuchte sie nicht mehr.

KAPITEL 5

Tage vergingen, ohne Besuche von ihm. So langsam fehlte ihr das warme Atmen auf ihrer Haut. Sein Körper, der sich an ihren presste, sich fest mit seinen Händen auf ihren Mund drückte. Sie war so einsam. Ihr war kalt und ihre Lippen brannten vor Durst. Sie konnten richtig spüren, wie sie die Haut auf ihrer Oberlippe durch schieres knabbern lösen konnte. Einen richtig dicken Fetzen konnte sie von ihrer Lippe lösen. Sie spürte wie das Blut von ihren Lippen tropfte und in ihren Mund floss. Es schmeckte stark nach Eisen. Es war widerlich. Doch so traurig es auch war, das war ihre einzige Ablenkung, das erste Mal, dass sie wieder etwas spürte. Sie begann langsam in ruckartigen Bewegungen auf der kalten und harten Liege herum zu rutschen. Sie versuchte ihre Fesseln damit zu lockern. Immer energischer und bestrebter versuchte sie frei zu kommen. Die Fesseln bohrten sich in ihr Fleisch. Immer tiefer. Mit jeder Bewegung ritzten sich die Seile mehr und mehr in ihre Haut. Sie schrie vor Schmerzen. Sie konnte spüren, wie das Blut aus ihren Handgelenken herunterfloss. Doch sie konnte sich nicht lösen. Die Fesseln waren zu fest. Ihr Peiniger hatte wohl nicht die Absicht, das sie freikommen sollte. Und mit jeder Bewegung wurde sie schwächer und müder. Bis sie vor Erschöpfung einschlief. Als sie aufwachte, kamen ihr wieder die düsteren Gedanken. Sie wird hier sterben. Damit hat sie sich abgefunden. Sie spürte regelrecht, wie sich die Dunkelheit in hier ausbreitete. Wie sie von dieser besagten Dunkelheit umschlungen wurde und ihre Seele sich damit füllte. Durst hatte sie nun auch nicht mehr. Ihre Kehle brannte noch immer. Aber sie verspürte nicht mehr das Bedürfnis etwas trinken zu wollen. Sie hatte damit abgeschlossen. Sie hat mit ihrem Leben abgeschlossen. Viel zu müde war sie, um noch weiter zu kämpfen. Ein aussichtsloser Kampf wäre das. Und dazu war sie viel zu erschöpft. Und wie sie so dalag, auf dieser kalten und harten Oberfläche, vielen Ihre Augen ständig zu. Sie waren so schwer geworden. Kaum noch offen zu halten. Die Wunde an ihrem Handgelenk schien noch zu bluten. Ihr floss etwas Warmes an ihre Hände entlang zu den Fingern, wo es sich sammelte und zu Boden tropfte. Sie hörte die leisen Tropfgeräusche. Wie das Blut zu Boden fiel. Ihr wurde schwindelig. Schlecht. Sie hatte das Gefühl als müsse sie sich übergeben. Ihr Herz schlug immer heftiger in ihrer Brust. So heftig, als würde es gleich herausspringen. Ihre Brust wurde immer enger. Ihr Hals zog sich zu. Die rang nach Luft und holte tief ein. Sie lag regungslos und allein, in Mitten der Dunkelheit auf dieser kalten und harten Oberfläche. Ihre Augen weit aufgerissen. Stille.

KAPITEL 6

Hallo. Hören Sie uns?" sie spürte wie ein heftiger Druck auf ihre Brust einwirkte. „Hallo? Sie sind in der Notaufnahme." Sagte eine Stimme. Sie konnte diese Stimme weder zuordnen. Noch konnte sie jemanden sehen. Langsam öffneten sich ihre verklebten Augen. Es war so hell. Sie konnte kaum etwas erkennen. Das Licht brannte in ihren Augen wie Säure. „Sie sind in der Uniklinik. Wir haben sie auf der Straße gefunden. Machen Sie sich keine Sorgen. Sie sind bei uns in den besten Händen.", hörte sie diese sehr weiblich klingende Stimme. Sie schloss wieder ihre Augen und fiel in einen tiefen Schlaf. Als sie Tage später erwachte, konnte sie ihre Augen schon etwas weiter öffnen. Es schmerzte nicht mehr so sehr wie zuvor. Sie lag in einem Bett. In einem weichen und warmen Bett. Neben ihr eine piepende Maschine. Dieses Geräusch. Es hört sich sehr vertraut an. Neben ihr stand eine große und schlaksige Frau im weißen Kittel. Sie bemerkte erst gar nicht das Laura aufgewacht war. Diese große Frau sah sehr konzentriert aus. Wie sie diese Maschine neben dem Bett regulierte. Sie machte sich ständig Notizen. Dann aber bemerkte die große Frau, das Laura aufgewacht war. „Schön, dass sie aufgewacht sind. Da bin ich sehr erleichtert. Ich bin Dr. Lasse. Oberärztin hier in der Uniklinik.", sprach sie mit ruhiger und vertrauter Stimme. Mit großer Mühe kam aus Lauras Mund nur ein krächzendes „Was ist passiert?" heraus. „Sie wurden im Hinterhof einer Fleischerei gefunden. Im Müllcontainer für Schlachtabfälle. Die Müllabfuhr hat sie zufällig gefunden, als sie den Container verladen wollten."

Erwiderte die Ärztin. „Jetzt ruhen sie sich noch etwas aus. Ich werde der Polizei Bescheid geben, dass sie aufgewacht sind.". Laura musste darüber nachdenken, wie sie in diesen Container kam. Sie konnte sich nur noch daran erinnern, wie sehr ihr kleines Herz geschlagen hatte und sie tief eingeatmet hatte. Und dann ist da nichts mehr. Ihr Peiniger müsse sie für Tod gehalten haben, als er zurückkehrte. Er hatte sie wie Vieh einfach auf den Müllhaufen geworfen. Nicht einmal war es ihm Wert sie ordentlich zu begraben. Wut stieg in ihr hoch. Blanke und kochende Wut. Voller Erschöpfung von der ganzen angestauten Wut, vielen ihr wieder die Augen zu. „Ihre verlobte liegt hier." Hörte sie im Hintergrund jemanden reden. Sie machte ganz langsam ihre Augen auf. Und da saß er. Neben ihr am Bettrand. Hielt ihre Hand in der sich die Kanüle und der Zugang befand. Er. Ihr Peiniger. John. Wie er da saß. Sie scheinheilig anlächelte. Als ob sie nicht wüsste, was er ihr angetan habe. Sie konnte sich vor Angst kaum bewegen. Aus ihrem Mund kamen keine Worte. „Ich bin wieder da. Anscheinend geht es dir gut.", hörte sie aus seinem Mund. Dieser Unterton, den konnte sie noch deutlich heraushören. „Hat man dich also gefunden., zwischen all den verwesenden Überresten von tierischen Kadavern. Ich dachte du wärst tot. Mein Fehler." Fuhr er mit weit aufgerissenen Augen fort. Sie konnte seine schwarze Seele regelrecht in seinen Augen blitzen sehen. Wie er an ihrem Bett saß. Den besorgten Verlobten spielte. Doch er war ein Monster. Was er ihr alles angetan hatte. Und je länger sie nachdachte, wieso sie ihn in ihr Leben gelassen hatte, fiel ihr auf, sie wusste rein gar nichts über sein Leben. Sie hatte nie Freunde von ihm kennengelernt, sie hatte ihm wenigstens Kim vorgestellt. Er erzählte nie etwas über seine Arbeit. Sie haben sich immer nur bei ihr getroffen. Sie wüsste gar nicht wo er wohnte, sollte er fluchtartig die Klinik verlassen. Doch er saß nur bei ihr. Hielt ihre dünne und knöchrige Hand. Ganz verschrumpelt durch die Unterernährung. „DU! Du hast mir das alles angetan." Kam plötzlich wie ein Strahl aus ihr heraus. „Nicht ich habe Dir das angetan. In diese Lage hast du dich durch dein Verhalten ganz allein gebracht. Und nun werde ich das beenden, was ich schon bereits auf meinem Seziertisch hätte tun sollen.", flüsterte er ihr ins Ohr. Sie sah sich hilfesuchend um. Langsam nahm er ihr Kissen unter dem Kopf weg. Schüttelte es ein paar Male auf. Sie erblickte ein Messer neben ihr auf dem Rollwagen, wo ihr Essen stand und griff nach diesem. Er drückte ihr das Kissen aufs Gesicht. Sie konnte kaum noch atmen. Von den ganzen Infusionen war sie zu schwach, um sich zu wehren oder um laut auf zu schreien. Sie hielt das Messer so fest sie konnte und wedelte mit Rückartigen Bewegungen damit durch die Luft. So stark und so fest es ihr möglich war. Plötzlich merkte sie, dass sie etwas traf. Schreiend vor Schmerzen ließ er das Kissen los und stürzte zu Boden. Sie packte nach dem Kissen und schmiss es in den Raum. Sie sah neben ihr am Bett herunter in Richtung Boden, wo er blutend am Auge so da lag und sich mit der Hand versuchte die Blutung zu stillen. Ohne darüber nachzudenken stand sie auf. Ganz wackelig auf den Beinen fiel sie zu Boden, riss sich dabei die Kanüle vom Handgelenk. Sammelte das Messer auf und stach auf ihn ein. So fest und so oft sie konnte. Immer und immer wieder stach sie in Richtung seines Kopfes ein. Die Pflegekräfte und der Sicherheitsdienst rissen sie von ihm los. Sie schrie und wehrte sich. Wedelte mit dem Messer und verletze dabei einen Pfleger an der Wange. Man zog sie zurück aufs Bett und verabreichten ihr eine Spritze. Von der sie umgehend einschlief. Sie schlief so tief und so fest. Wie ein Kleinkind, nach einem großen Abenteuer draußen in der Wildenz. Sie träumte von all den schlimmen Dingen, die er ihr angetan hatte und wie jetzt endlich alles vorbei ist. Sie endlich friedlich mit dem ganzen abschließen konnte. Er war tot. Endlich tot. Sie konnte bald ihr Leben wiederhaben. Ihre Doktorarbeit beenden und anderen Menschen mit psychischen Problemen helfen wie sie sich das immer gewünscht hatte. So konnte sie diese Art von Menschen helfen, bevor sie sich ein Opfer aussuchten. Bevor sie anderen ein Leid zufügen konnten. Dieser Gedanke machte sie glücklich.

KAPITEL 7

Mit einem Lächeln wachte sie auf. Sie konnte erst gar nicht erkennen, dass sie nicht mehr in dem Zimmer lag, in dem sie auf ihren Peiniger eingestochen hatte. Der Raum war viel größer. Er hatte auch keine Möbel. Nur das Bett in dem sie lag. Nun erkannte sie auch, dass sie an ihrem Bett festgeschnallt war. Wo war sie? Warum hat man sie fixiert? Sie war doch jetzt endlich frei und gelöst von ihrem Peiniger. Haben die denn nicht mitbekommen, dass sie jetzt wieder frei ist? Und dass sie anderen Menschen helfen möchte? Sie ist doch jetzt wieder voller Lebenslust. Bevor sie weiter an ihren Fesseln rüttelte, fiel ihr das Bild über ihrem Bett auf. Soweit sie konnte, drehte sie ihren Kopf, um zu erkennen, was auf diesem Bild zu zu sehen war. Ein Haus mit Menschen davor in schwarz/weiß. Darunter stand in großen Buchstaben

HETWIG SANATORIUM, JUNI 1849.

War sie etwa in ihrer eigenen Psychiatrie, in der sie ihr Praktikum absolvierte und ihre Facharztausbildung anfangen wollte. Hier wollte sie auch ihre Doktorarbeit schreiben. Das kann nicht sein. Warum liegt sie in einer Psychiatrie? Nach all dem was sie durchgemacht hatte, nach all dem Leiden und der Qualen. Sie dachte sie wäre jetzt frei. Stattdessen liegt sie hier, nebenan all die Verrückten und geisteskranken Wesen die sie retten wollte. Nun ist sie selbst Patientin. Das kann doch nur ein schlechter Traum sein, dachte sie nur. Wie um alles in der Welt ist sie hier reingekommen? Plötzlich hörte sie ein Schloss entriegeln und eine Tür sich öffnen.

Sie schaute panisch in den Raum und entdeckte am Ende des Raumes eine schwere Eisentür, die sich langsam öffnete. Eine große Gestalt im weißen Kittel kam immer näher. Sie konnte das Gesicht nicht erkennen. Vielleicht war es die nette Frau Doktor, aus der Uniklinik. Egal wer es war, endlich konnte sie jemanden ihre Geschichte erzählen. Und dann müsse man sie hier herauslassen. Sie merkte wie ihr die Euphorie ein Lächeln ins Gesicht zauberte. Die Gestalt im weißen Kittel setze sich auf ihre Bettkante. Sie fing an zu erzählen, wie sie einen Mann kennengelernt hatte, wie er sie geschlagen hatte und sie in einem dunklen Raum gefangen hielt. Und da wurde ihr plötzlich bewusst, dass die diese Statur kannte und diesen Geruch nach einem teuren Parfüm. Die Gestalt im weißen Kittel drehte sich um. Nun konnte sie auch ihr Gesicht erkennen. Es war John. Ihr Peiniger. Wie um alles in der Welt kam er hier rein. Sein Gesicht war durchzogen von Narben. Wahrscheinlich verursacht durch ihren Messerangriff. Sie wollte anfangen zu schreiben. Aber sie brachte keinen Ton heraus. Sie merkte wie sie sich vor Angst in ihren Schlüpfer machte. Er füllte sich mit warmer Flüssigkeit. Die erste Wärme die sie seit Wochen fühlen konnte. „Was haben Sie denn, Laura. Geht es Ihnen nicht gut? Vielleicht sollten wir Ihre Medikamente anpassen." Hörte sie ihm sagen. „Sie haben uns ziemlich Angst gemacht, wir dachten Sie würden nicht mehr aufwachen. Seit sieben Monaten liegen Sie schon bei uns ohne Anzeichen auf Besserung. Ich nehme Ihnen auch nicht mehr übel, dass Sie mich angegriffen haben. Sie waren nur falsch eingestellt. Das haben wir aber bald." Sagte er so beiläufig, während er ihre Medikamentenzufuhr begutachtete und sich Notizen machte. „Geh weg! HILFE" HILFE!" Schrie sie. „Man kann sie nicht hören, aus dieser Zelle heraus. Der Raum ist schalldicht." Entgegnete er ihr. Sie musterte ihn von oben bis unten. Er sah so freundlich aus. Fast so wie damals, als sie sich kennenglernt hatten. In diesem Park, umringt von blühenden Apfelbäumen. „Apfelbäume" stolperte ihr aus dem Mund. „Ja. Die Apfelbäume hier im Park mögen sie doch so sehr. Sie haben sich früher immer gerne im Klinikeigenen Park aufgehalten. Sie saßen immer auf derselben Bank. Ihre Blicke verloren in den Wolken. Das tat Ihnen immer sehr gut. Doch dafür ist es draußen zu kalt. Aber bald ist ja wieder Frühling, meine Liebe." Erzählte er ihr, als wenn sich die beiden schon ewig kennen würden und nicht erst seit ein paar Wochen. Schließlich haben sich die beiden meist zum Sex getroffen. Bevor er sie in seinem dunklen Raum entführte. Woher also weiß er so viel über ihre Bedürfnisse und ihrem Lieblingsort? Sie war misstrauisch. Sie konnte nicht verdrängen was er ihr angetan hatte. Dieses Mal ist sie nicht von seiner liebevollen Art verzaubert, dieses Mal wird sie sich nicht von ihm blenden lassen. Sie weiß jetzt, wer sich hinter der Maske verbirgt. Er schaute noch ein paar Mal an diesem Tag nach ihr. Sie versuchte bei jedem Besuch Ruhe zu bewahren, zumindest solange, bis sie jemand anderen zu Gesicht bekam, um ihr Erlebnis zu schildern, und dass dieser Mann, der sich als Arzt ausgibt, in Wirklichkeit ein Sadist ist. Ein perverser Mörder. Jemand der eingesperrt gehört. Jemand der an ihrer Stelle hier liegen und festgeschnallten werden sollte. Die Tage verstrichen. Das konnte sie dieses Mal zumindest erkennen, da ihr neues Gefängnis ein Fenster hatte. Sie bekam keine andere Person zu Gesicht. Immer nur ihn. ER, der sie solange gequält hat und sich dann ihre wie Viehabfall entledigte. Das konnte sie ihm niemals verzeihen. Ihr Schlaf war wachsam, sie konnte immer nur halbherzig schlafen. Doch die Medikamente die sie abends erhielt, ließen sie dann doch irgendwann komplett wegtreten.

KAPITEL 8

Eines Nachts, als ER vergessen hatte ihr ihre abendliche Dosis zu verabreichen, hörte sie, wie sich langsam die schwere Eisentür öffnete. Eine kleine, leichtgebückte Person, schlich sich in ihr Zimmer. Wer war das? Bildete sie sich das nur ein? Schließlich ist das der erste Mensch den sie seit Wochen zu Gesicht bekam. „Hallo? Wer sind Sie?" fragte Laura zaghaft, fast verängstigt. „Oh. Sie sind wach! Ich wollte Sie nicht wecken, Madam." Antwortete ihr die Person, mit einer liebevollen und sanften Stimme. „Ich bin die Nachtschwester, Schwester Dora ist mein Name." Fuhr sie fort. „Dora, bitte helfen sie mir. Ich gehöre hier nicht hin. Ich wurde vor ein paar Wochen von John verschleppt. Er hielt mich in einer Art Kellerraum gefangen und" bevor Laura weitererzählen konnte, unterbrach sie Dora „Warten Sie, warten Sie. Bevor sie sich da weiter hineinsteigern. Sie sind seit zehn Jahren hier in unserer Einrichtung. Ich komme seit vier Jahren jede Nacht in Ihr Zimmer, um die Medikamentendosis und Ihre Werte zu kontrollieren. Mir wäre aufgefallen, sollten sie über Wochen gefehlt haben. Außerdem trägt jeder Patient hier ein elektronisches Fassband. Hier kommt keiner unbemerkt heraus oder gar vom Gelände." Laura war ganz verunsichert. Riss ihre Augen vor Ungläubigkeit weit auf. Sie konnte sich das nicht vorstellen. Steckte sie vielleicht mit John unter einer Decke? „Was ist mit meinen Eltern. Wissen die das ich hier gefangen gehalten werde? Und warum besuchen sie mich nicht. Warum bekomme ich weder von meinen Eltern, noch von meiner besten Freundin Kim besuch?" haspelte Laura vor sich hin, um so schnell wie möglich darauf eine Antwort zu erwarten. „Ihre Eltern. Ja." Laura merkte wie unsicher die Nachtschwester ihr antwortete. „Ihre Eltern. Ich weiß nicht ob ich befugt bin, Ihnen das zu sagen?" stotterte Dora vor sich hin. „Jetzt erzählen sie es mir bitte. Ich bin verzweifelt. Ich weiß nicht wie ich hier herkommen bin. Ich weiß nicht warum ich keinen Besuch bekomme. Bitte." Laura wurde ganz traurig in ihrer Stimme, guckte die Nachtschwester mit weit aufgerissenen Augen an, den Tränen so nahe. Mit zögern antwortet ihr Dora: „OK. Aber bitte sagen Sie niemanden das ich Ihnen diese Informationen gegeben habe, ohne das Beisein eines Psychologen." „Ich verspreche es Ihnen.", erwiderte Laura. „Ok.", fuhr Dora fort. „Sie sind vor zehn Jahren hier eingeliefert worden. Sie hatten zuvor Ihre Eltern aus unerklärlichen Gründen getötet. Sie wurden blutgetränkt neben den Leichen Ihrer Eltern aufgefunden. Ihr Vater hatte ein Messer im Rücken und ihre Mutter lag neben Ihrem Vater, erschlagen von einem Stein, den Sie in Händen hielten. Da Sie Wochen nicht ansprechbar waren, hat man Sie hier in dieses Sanatorium eingewiesen, solange, bis Sie wieder bei Verstand sind, um einen Prozess zu eröffnen. Sie haben sich hier nach einiger Zeit mit der Patientin Kim angefreundet. Sie haben sich immer so schön unterhalten. Sind zusammen hier im Park herumgelaufen. Saßen mit Ihr auf einer Parkbank, inmitten der schönen Apfelbäume. Bis zu dem Tag, an dem Kim im Sanatorium eigenen Teich ertrunken aufgefunden wurde, nach dem Sie mit Ihr zuletzt gesehen wurden. Danach hat man Sie wieder an das Bett fixiert." Laura konnte es kaum glauben. Die Geschichte klingt so unwirklich. Doch dennoch, kam ihr das bekannt vor. Vielleicht hat sie sich den Rest auch nur eingebildet. Hat durch die

Medikamente eine gewisse Wahnvorstellung entwickelt. Warum sollte die Nachtschwester sie auch anlügen. Dazu hätte die keinen Grund. „Ich muss jetzt auch wieder weiter. Nach den anderen Patienten sehen." Und so verschwand Dora, wie sie auch gekommen war, leise und in leicht gebückter Haltung. Es ergibt nun alles einen Sinn. Warum sie keiner besuchte. Warum sie immer wieder Erinnerungslücken hatte. Sie tat John, also dem Doktor John, wohl ziemlich unrecht. Er hat sich nur um sie gekümmert. Er war die einzige Person den sie tagsüber gesehen hatte, über Wochen. Deshalb war er ihr so vertraut. Tauchte in ihren Wahnvorstellungen auf. Fast erleichtert über diese Erkenntnisse, vergaß sie fast, dass sie ihre Eltern getötet haben sollte. Warum. Was war passiert? Sie kann sich nicht erinnern. So sehr sie sich auch anstrengte. Tage verstrichen, Wochen gingen vorüber. Die Tage wurden länger, die tage wurden kürzer. Es verging so viel Zeit. So viel Zeit, dass sie gar nicht mehr zählen konnte, wie lange sie hier nun lag. Anhand der Vegetation draußen, welches sie durch das schmale Fenster beobachten konnte, war es wohl wieder Winter. Schnee rieselte an ihr Fenster. Die Scheiben vereisten. Es wurde kälter im Zimmer. Tag für Tag wurde es kälter. Die Nachtschwester, die liebe Dora, mit der sie sich nachts regelmäßig unterhielt, war eine schöne Abwechslung in ihrem dann doch sehr tristen Alltag. Mit jeder Unterhaltung, mit jedem Kontakt zu ihr, wurde ihr Gemüt und Zustand besser. Sie wurde immer klarer im Kopf. Die Gespräche, meist über belanglose Themen, halfen ihr dabei nicht weiter in ein Loch zu rutschen.

KAPITEL 9

Eines Tages, als sie gerade ihr Mittagessen verspeisen wollte, betrat Doktor John den Raum. Die schwere quietschende Eisentür zog er ruckartig auf und schloss diese ebenso ruckartig. „Laura, ich sehe es geht Ihnen schon erheblich besser." Sprach er zu ihr, ohne sie dabei anzuschauen. „Ich bin stolz auf Sie, dass sie sich wieder gefangen haben." „Ja, mir geht es auch einigermaßen gut." Sagte Laura und starr ihn dabei fixiert an. „Meinen Sie, sie sind bereit mit mir einen Spaziergang zu machen?" Voller Freude antwortete ihm Laura mit einem Lächeln im Gesicht: „Ja. Sehr gerne." Er löste ihre bereits zuvor gelockerte Fixierung. Nahm sie an die Hand und sie verließen gemeinsam dieses triste Zimmer. Sie gingen den langen und schmalen Flur entlang. Ihr fiel dabei die extrem hohe Decke auf. Der Flur schien endlos lang. Sie war noch ganz wackelig auf den Beinen. An einer Treppe angekommen, gingen sie diese hinab. Weit hinab. Es müssen mehrere Stockwerke gewesen sein. So schien es ihr. Unten angekommen standen sie in einem großen Raum. Ein hohes Deckengewölbe schien ihr bis zum Himmel zu reichen. Von dem großen Raum gingen mehrere Korridore ab. „Wohin gehen wir, Dr. John?" frage sie ihn. „Wir werden einen Ort besuchen, der Ihnen sehr vertraut ist, Laura." Antwortete er ihr. Es war kalt und feucht hier unten. Sie fror am ganzen Körper. Schließlich hatte sie nur ihr Nachtkleid an und war barfuß. „Hier entlang, meine Kleine." Er nahm sie wieder an die Hand, etwas fester als zuvor. Sie gingen dem rechten Korridor entlang. Ein langer und sehr dunkler Flur. Von der Decke tropfte Wasser auf den

Boden. Es haben sich schon kleine Pfützen gebildet. Man hörte das Tropfen des Wassers, wie es in die Pfützen fiel. Am Ende des Flures angekommen, standen sie vor einer großen Eisentür. Links und rechts der Eisentür waren Fackeln an der Wand befestigt. Das einzige Licht, in diesem Flur, kam von den beiden Fackeln an der Wand. Er schloss die dicke Eisentür auf. Dieses Geräusch erinnerte sie an etwas. Die Tür quietschte beim Öffnen. Sie dachte noch darüber nach, ob in diesem Sanatorium, alle Türen quietschen würden. Sie ertappte sich, wie sie etwas schmunzelte. „Geh hinein, Laura. Ich wer dir mit einer Fackel folgen.", fuhr er fort. Sie ging in diesem Raum. Der Doktor hinter ihr kam mit einer Fackel langsam hinter her. Der dunkle Raum wurde durch die Fackel etwas erhellt. Sie guckte sich fragend um. Sah nichts in diesem Raum. Er war leer. Warum sind wir in einem leeren Raum? „Wo sind wir?", fragte sie in sehr neugierig, mit aufgeregter Stimme. „Er ist nicht leer. Guck Dich um und Du wirst die Antwort finden.", antwortete er mit einer sehr düsteren Stimme. Sie sah sich um. Erblickte nichts. Doch, Da. Am Ende des Raumes. Was ist das? Sie ging näher hin. Die Umrisse im Schatten wurden deutlicher. Eine Metallliege. Es sah aus wie ein Seziertisch. „Warum sind wir hier?", stotterte Laura. „Erkennst Du es?", sagte er. „Du hast hier doch schon so viele Wochen verbracht, mein Schatz." Ihr lief es eiskalt den Rücken herunter. Sie ahnte wo sie ist. Der Ort ihrer Alpträume. Der Ort an dem sie gefangen gehalten und gefoltert wurde. Er existierte also doch! Ihre Beine waren starr vor Angst. Noch bevor sie etwas sagen konnte, lies er mit einer dunklen Stimmen zu erkennen: „Sag hallo. Ihr werdet euch gut verstehen. Dieses Mal entkommst

Du uns nicht!" Und zog die schwere Eisentür ruckartig zu.

KAPITEL 10

Schlagartig wurde es stockdunkel in dem Raum. Wie konnte sie nur wieder hier gelandet sein? Die ganzen Qualen, die sie hier erleiden musste. Konnte er sie nicht einfach in Ruhe lassen. Sie hätte doch auf ihrem Zimmer so friedlich ihr Leben verbringen können. Ohne jemals wieder an die schlimmen Dinge denken zu müssen. Und er wäre so einfach davongekommen. Sie war doch kein Risiko. Während sie in dem dunklen Raum nach Halt suchte, um sich hinzusetzen, da ihre Beine vor Angst so zitterten, hörte sie ein leises Geräusch. Sie verlangsamte ihre Atmung und versuchte hinzuhören. Sie spürte wie ihr Herz schneller und immer schnelle in ihrer Brust pochte und regelrecht ihre Kehle hochsprang. Es war so eine Art zischen oder so, dachte sie sich. Sie hörte immer angestrengter hin. Bis sie es erkannte. Sie schrag auf. Viel vor Entsetzen hin. Versuchte sich schnell aufzuraffen. Ging rückwärts, stolperte ein paar Male, bis sie die Wand an ihrem Rücken spürte. Dort sammelte sie sich. Es war ein Atmen. Das Geräusch, das sie hörte, waren Atemgeräusche. Sie war nicht allein hier unten. Wer oder was war hier noch mit ihr gefangen? „Hallo? Iss ist da wwer?" stotterte sie. Plötzlich war es still geworden. Die Atemgeräusche waren weg. Hat sie sich das vor Angst nur eingebildet? Erleichtert holte sie tief Luft. Wollte sich gerade wieder setzen, um nachzudenken, wie sie hier rauskommt. Schließlich war sie dieses Mal nicht gefesselt und konnte versuchen einen Weg aus diesem unwirklichen Ort zu finden. Da spürte sie auf ihrem kalten und feuchten Nacken, ein warmes Gefühl. Jemand stand hinter ihr. Sie hörte wieder das

Atemgeräusch. Dieses Mal lauter und heftiger als zuvor. Es klang sehr schwerfällig dieses Atemgeräusch, fast als wenn jemand versuchte durch eine Maske zu atmen. Sie spürte die Anwesenheit von jemandem. Den warmen Atem auf ihrer Haut ließ ihr das Blut gefrieren. Vor Angst war sie wie gelähmt. Ihr kleines Herz schlug so heftig, dass die es in ihren Ohren laut pochen hörte. Plötzlich packte sie das Wesen hinter ihr. „Na. Hast du mich vermisst?" ...

Todesanzeige

von Philipp Niemeyer

KAPTIEL 1

Tina Eckbert « und machen Sie mir heute zwei Smilies darauf. Der dunkelhaarige Starbucksverkäufer lächelt mich nur an und ich beschließe, mich an einen Tisch direkt am Eingang zu setzen. Der süße Geruch von Kuchen und der herbe Kaffeegeruch sind hier in der Sonne direkt am Fenster fast wie ein Kurzurlaub. Die Menschen gehen auf der Straße, gehen an mir vorbei ohne mich zu registrieren. Ich genieße diese Anonymität, während ich den Männern gedanklich eine Schulnotenwertung für ihr äußeres gebe.

7« erklingt es hinter mir.»Eindeutig eine 7« Keine Minute zu spät steht meine beste Freundin Maike hinter mir. Sie ist wie immer gut gestylt. Der rote Lippenstift unterstreicht ihr perfektes Lächeln und die blonden Haare sind gekonnt in einem Zopf nach hinten gesteckt. Das Makeup ist dezent, aber dennoch zu sehen. Wäre Maike nicht meine beste Freundin, würde ich ihr die Pest oder wenigstens Akne wünschen.

Nach einer kurzen Begrüßung geht Maike ebenfalls zu dem süßen Kellner und bestellt einen Milchkaffee. Natürlich mit Sojamilch und ohne Zucker. Der Höflichkeit halber frage ich wie es ihrem Freund geht und Maike antwortet, wie süß er doch heute morgen aufgewacht ist und wie lecker das anschließende Frühstück samt Quicki im Bett war.

Maike ist überzeugt, dass ein Singleportal für mich das richtige ist. Ihren Tobias habe sie dort kennengelernt. Überhaupt wäre es so einfach, heutzutage einen Typen kennen zu lernen. Nette

Fotos, ein Profiltext, der viele Fragen offen lässt und schwups, ist man schneller vergeben als man denkt.

Ich hingegen bin eher klassisch. Ausgehen, Sportverein oder einfach auf die Perfekte 9 im Cafè warten. Mir ist auch klar, dass diese romantische Vorstellung nicht der Realität entspricht. Doch einen Tobias oder Thomas wird man ja wohl auch anders kennenlernen können. Mein Kaffee ist fast ausgetrunken und Maike schaut mich schweigend an. Wahrscheinlich träumt sie gerade von ihrem Quicki am Morgen. »Ich habe eine Anzeige geschrieben.« fange ich an und halte Maike die Zeitung direkt vor ihr Gesicht. »Du hast ja recht. Wenn der Prinz nicht kommt, muß man ihn suchen. Nur das mit Deinem Onlineportal war mir dann doch etwas zu« bevor ich den Satz beenden kann, lacht Maike los. »Humor hattest du ja schon immer Tina. Suchst du einen Prinzen oder eine Schwiegermutter.« Ich gucke skeptisch zu Maike, doch das interessiert sie nicht. »Was denkst Du, wer diese Anzeigen liest? Wohl eher ältere Damen, die dann ihre Muttersöhnchen zu Dir schicken«. Bevor ich es zurückhalten kann, lache ich auch los und verteile den letzten Schluck meines süßen Kaffees auf dem ganzen Tisch.

Abenteuer und Liebe

Ich 29 Jahre, blonde Haare, 182 cm groß und 73 kg leicht, mit grünen Augen suche den Traumprinz für Abenteuer und mehr.

Bitte sei nicht älter als 40 Jahre und nicht unter 186 cm.

Falls Du ein Serienmörder bist oder meinen Humor nicht verstehst - schreibe es bitte gleich dazu.

Antwort nur, wenn du ein Foto mitsendest.

Zusendeld: 54124156

KAPITEL 2

Ich öffne die Tür meiner Wohnung und rieche gleich den vertrauten Geruch. Ich stelle meine Sneakers in die Ecke und überlege, ob ich nicht doch noch zum Briefkasten gehen soll. Die Anzeige ist jetzt seit 5 Tagen veröffentlich. Es war die Samstagsausgabe, die ich hierfür gewählt hatte. Ich verschließe die Tür und gehe die drei Stockwerke nach unten zur Haustür. Das Treppenhaus ist in den Sommertagen angenehm kühl. Es ist überhaupt für eine so altes Haus ein schönes Treppenhaus. Der Handlauf aus Holz und die Treppenstufen in weißem Mamor. Die Haustür mit Glas und Kupferelementen verziert.

Der Briefkasten sieht wie immer leer aus. Ich öffne ihn trotzdem. Drei Briefe und nur einer sieht nach einer Rechnung aus. Ich nehme die Briefe, verschließe den Briefkasten und gehe wieder in meine Wohnung. Ich lege die Briefe auf meinen Küchentisch. Erst jetzt sticht mir der dunkelrote Umschlag ins Auge. Er ist vom Zeitungsverlag an mich weitergeleitet worden und nicht nur die Farbe ist besonders. Er riecht nach Sandelholz und Leder. Ich rieche einige Zeit an dem Umschlag, bevor ich ihn öffne. Neben einem zwei Seiten langen Brief ist ein Foto beigelegt. Bevor ich nachdenke, entscheide ich mich, das Foto als erstes anzusehen. Ein Typ - Mitte 30 - lächelt mich an. Er hat dunkle Haare, ein Lächeln, das seine Grübchen gut zur Schau stellt und die wahrscheinlich schönsten und hellblausten Augen, die ich je gesehen habe. »Bitte lieber Gott lass es kein Vollidiot sein« sage ich zu mir selbst und der Brief wird von meinen Augen aufgesogen. Beim

Lesen der Zeilen verliere ich mich immer wieder in diesen Duft. Kein Mann kann so gut aussehen und dabei auch noch so gut riechen. Die Zeilen des Briefes sind handschriftlich verfasst. Wie ich es mir immer vorgestellt habe. Ein Prinz der mich findet und das ohne diesen digitalen Flirtbörsenmist. Im Brief benutzt er oft Worte wie „Seelenverwandt" und „für einander bestimmt". Er schreibt, als würde ich ihn schon ewig kennen. Es ist wie der Ewigkenneffekt aus dem Lied, das ich die letzten Tage im Radio immer wieder gehört habe.

Am Ende steht dieser eine Satz. Ich lese ihn nochmals und kann es kaum glauben.

KAPTIEL 3

Es ist der nächste Morgen und mein Wecker klingelt wie gewohnt viel zu früh. Der erste Gedanke am heutigen Tag war auch der letzte Gedanke am gestrigen Abend. Der Satz am Ende des Briefes. Wie konnte er nur wissen, wie ich heiße? Ich hole den Brief und lasse mich auf mein viel zu bequemes Bett fallen. Er duftet noch immer nach Leder und Sandelholz. Ich atme den Duft ein und schaue direkt zum letzen Satz.

Liebe Tina, ich bin kein Serienmörder. Allenfalls ein Mörder - dafür aber einer, der dir ein Foto mitschickt.

Daß er Humor hat, gefällt mir. Kein Serienmörder - aber ein Mörder. Dieser trockene Humor unterstreicht nur das gute Aussehen und den betörenden Duft seines Parfums. Ich versinke in den hellblauen Augen auf dem Foto. Doch dann bin ich wieder im hier und jetzt. Woher kennt er meinen Namen? Die Anzeige ist mit einer ZusendeID der Zeitung versehen. Somit bekommt keiner meine Adresse oder persönliche Daten heraus. Ich atme tief aus und beschließe erstmal aufzustehen.

Die nächsten Tage vergehen wie im Flug. Ich stehe auf, arbeite, gehe nach Hause und treffe mich gelegentlich mit Freunden. Den Brief immer in meiner Handtasche. Der Duft ist, was mich immer wieder daran denken lässt, ihn anzuschreiben. Bei jedem Öffnen meiner Handtasche strömt der Lederduft mit Sandelholz zu meine Nase. Ich erwische mich am Donnerstag dabei, länger als sonst nach meinem Haustürschlüssel zu suchen. Nur, damit der Duft nicht verloren geht in der Einsamkeit meiner Tasche.

Heute treffe ich mich mit Maike. Wir sind zum Kino verabredet. »Hey Tina, ich dachte du bringst heute ein Muttersöhnchen mit« lacht es hinter mir aus Maike heraus, als sie mich beim Kinoeingang entdeckt. Wie immer sieht Maike gut aus. Selbst der grüne Lippenstift, der wirklich keinem steht, passt perfekt zu ihrem Outfit. Die Haare trägt sich offen und das kurze Kleid lässt alle wissen, dass es Sommer ist.

Wir gehen in das Kino. Es ist ein kleines Kino mit nur zwei Kinosälen. Alles erinnert an die achtziger Jahre. Selbst der Geruch erinnert an längst vergessene Tage. An der Kasse kaufen wir nicht nur unser Popcorn und die Eintrittskarten. Wir beschließen, auch gleich zwei Bier mitzunehmen. »Maike, ich dachte, das wird ein Mädelsabend« sage ich etwas lauter als gewollt, weil ich ihren Tobias sehe. Maike guckt mich nur an und lächelt. Da erkenne ich, wer direkt neben ihrem Tobias steht. Mein „Handtaschengeruch" steht direkt neben ihm. Ich meine, meinen unbekannten Briefschreiber. Er lächelt mich an und das Foto hat nicht gelogen. Seine hellblauen Augen und die unverschämt sexy Grübchen beim Lachen sind zum dahinschmelzen. Er hat ein Poloshirt an und man erkennt direkt, wie sportlich er ist. Seine Brustmuskeln und die trainierten Oberarme passen so gerade in das Shirt. Die kurze Hose ist klassisch und nicht mit denen von anderen Männern zu vergleichen.

Maike kneift mich in den Arm. Sie hat mitbekommen, wie ich ihn mustere. »Na los Tina, auf zu unseren Typen«. Ich gucke Maike an und weiß nicht, was ich sagen soll. Jetzt fällt mir auch der letzte Satz im Brief ein.

Liebe Tina, ich bin kein Serienmörder. Allenfalls ein Mörder - dafür aber einer, der dir ein Foto mitschickt.

Daher kannte er meinen Namen. Daher passt er so gut in mein Beuteschema. Jetzt wurde mir auch klar, warum Maike nie nachfragte, wie es mit der Anzeige läuft. Denn das es läuft, dafür hatte sie gesorgt.

KAPTIEL 4

Zuhause angekommen, ziehe ich nur noch die Schuhe aus und falle in mein viel zu gemütliches Bett. Meine Kater Troy springt auf mein Kopfkissen und schnurrt neben meinem Kopf. Mit seinem Sommerfell wirkt er schlanker als sonst.

Ich werde mich heute nicht abschminken und einfach liegen bleiben. Mein edler Held aus dem Kino hat nichts unversucht gelassen noch perfekter zu sein, als er es die letzte Woche in meinen Gedanken war. Nicht nur, dass er wieder ausgesprochen gut roch als ich näher kam, nein, auch die Gespräche vor dem Film waren auf eine Art erwachsen, aber zugleich mit viel Humor verbunden. Er achtete darauf, dass Jeder zu Wort kam und interessierte sich selbst für mein langweiliges Hobby, dem Angeln. Als unser Bier ausgetrunken war, kam er direkt mit zwei gefüllten Gläsern Wein. Beim Film achtete er darauf, das Popcorn der roten Tüte zu holen, wenn ich es auch tat. So berührten wir uns und ich erwischte mich dabei wie ein kleines Mädchen zu kichern. Nach dem Film gehen wir in diese eine Bar, die immer ausgebucht ist. Alle Tische sind belegt und wir wollen gerade gehen, als der Besitzer auf uns zu kam. »Hey Lars, Du kannst doch nicht eine so bezaubernde Dame in die kalte Nacht entführen. Folgt mir, ich habe hinten noch einen Tisch für vier«. Der Rest des Abends verlief einfach nur perfekt. Ich fühlte mich wohl und wollte nicht nach Hause. Als er am Ende des Abends beiläufig erzählte Kinderarzt zu sein, bin ich ihm verfallen.

»Gebildet, humorvoll und die blauen Augen. Troy, Dir wird er auch gefallen«. Troy drehte sich um und verschwand aus dem Schlafzimmer. Der Gedanke an einen anderen Mann machte ihn sicher mürrisch. Wobei mein Mr.Right sicher auch hierfür eine Lösung in Form von Katzenleckerlies hat.

Ich schaue auf mein Handy. Keine Nachricht. War er von mir eventuell nicht angetan? Gab es nicht diese Regel, die besagte, dass er sich noch am gleichen Abend melden sollte? Doch bevor ich noch länger darüber nachdenken konnte, war ich schon im Land der Träume.

KAPTIEL 5

Ob es wirklich richtig war, ihn direkt zu mir nach Hause einzuladen? Ich dachte, dass zusammen eine DVD zu gucken eine gute Idee ist« sage ich zu Maike, die am anderen Ende der Leitung sitzt. Maike zählt mir jetzt wieder Unmengen von Geschichten auf, was so alles an einem DVD-Abend romantisches und verruchtes passieren kann. Ich belasse sie in dem Glauben, dass ich DVD-Abend auch als Codewort für Kuschel und Sexabend benutze, und lege auf, nachdem ich ihr versprochen habe, am nächsten Tag jedes Detail, egal wie klein es ist, zu berichten.

Es ist 20 Uhr und ich sehe einfach perfekt aus. Meine Lippen sind dezent mit einem Rot geschminkt und die Augen dezent mit einem leichten Grünton. Die Haare sind offen und das Outfit sitzt auch perfekt. Wir haben uns darauf geeinigt, etwas gemütliches anzuziehen. Ich habe mich deswegen für meinen grauen Trainingsanzug entschieden. Er ist an den passenden Stellen anliegend und kaschiert dennoch das eine oder andere Pfund an den Hüften. Alle sagen, dass ich eine gute Figur habe, aber ich selbst sehe das immer kritisch. Es ist 20.05 Uhr und es klingelt. Pünktlich ist er also auch. Wir haben diese krumme Zeit ausgemacht, weil das Date anders werden soll als die 100 Standarddates, die wir vorher hatten. Besondere Uhrzeit und keine typische Datekleidung.

Es klopft an der Tür. Ich mache sie auf und sehe einen perfekt gestylten Typen in einen fast perfekt sitzenden Trainingsanzug. Die dunklen Haare sind zur Seite gestylt und der Dreitagebart steht im besonders gut. Die Augen strahlen und sein Lächeln, als er mir eine Rose überreicht, ist unfassbar. Der Trainingsanzug sitzt, wie ich finde, etwas locker. So bekommen die anderen Mädels bei seinem Training wenigstens nicht mit, was sich darunter verbirgt.

»Obst und Bier stehen auf dem Tisch. Bedien dich und setzt dich ruhig schon auf das Sofa. Ich bin gleich bei dir.« sind meine Worte bevor ich die Rose in eine Vase stelle. Eine rote Rose ohne Stacheln, aber mit Blättern. Sie ist sicher 30cm lang. Selbst seine Rosen sind perfekt, denke ich, während auch ich mir ein Bier nehme und mich auf das Sofa setze.

Der Abend verläuft wie geplant. Wir kuscheln und gucken einen schnulzigen Film. Seine Hand geht dabei langsam unter mein Shirt und ich finde es toll. Ja, ich finde diese plumpe Art toll. Langsam zieht er mich an sich heran. Er zieht seine Trainingsjacke aus und .. darunter trägt er nichts. Seine Muskeln sind perfekt trainiert und auch ich ziehe meine Trainingsjacke und mein Shirt aus. Gleiches Recht für alle, denke ich und dann können wir uns nicht mehr halten. Er küsst mich an Stellen, die ab heute nur noch für ihn bestimmt sind. Ich spiele dabei mit meiner Hand an seinem Körper und ertaste, wie männlich er ist.

»Lass mich kurz ins Bad und geh schon mal ins Bett vor« sagt mein Traum von Mann und ich schaue wehmütig hinterher. Der Film läuft noch und ich bin dabei, den Fernseher auszumachen. Gerade als ich die Fernsteuerung in die Hand nehme, ist da diese eine Szene im Film. Die, wo er sein Mädchen betrügt und sie zurücklässt. Ich schalte den Fernseher aus. Der Gedanke lässt mir aber keine Ruhe. Was ist, wenn er mich verlässt, bevor es richtig angefangen hat? Was ist, wenn er nicht für immer MEIN ist. Ein Mann, der so perfekt ist, hat sicher mehrere Frauen oder wenigstens ein paar Geliebte. Bin ich etwa die Geliebte? Nein, das kann nicht sein. Und wenn doch...? Ich möchte, dass wir sind wie Romeo und Julia. Zusammensein um jeden Preis. Nicht der Gefahr des Alltags und der unzähligen Versuchungen ausgesetzt. Ich bin mir sicher. Wir sind für einander bestimmt. Ich gehe in die Küche und hole ein Messer. Das Messer, das ich eventuell brauche, wenn wir uns fesseln wollen. Ich habe schon viel in Büchern dazu gelesen. Gerade die Serie mit den drei Bänden und diesen zwei Hauptdarstellern hat es mir angetan. Ich denke über die Erotik in diesen Büchern nach und gehe ins Schlafzimmer. Wie er gewünscht hat, lege ich mich ins Bett und warte. Kurz danach kommt er. Unbekleidet kommt er zu mir - perfekt von Kopf bis Fuß.

KAPTIEL 6

Er liegt bei mir im Bett und zieht mich aus. Nicht langsam, sondern schnell. Nicht zart, sondern bestimmend. Dann küsst er mich, beginnend vom Kopf bis hin zum Bauchnabel. Ich drücke ihn langsam von mir weg und er liegt auf dem Rücken. Er ist perfekt und er soll für immer mein sein.

»Ich liebe dich und ich wir müssen zusammen sein, verstehst du mich Lars«? Sein Blick leuchtet und er versteht genau, was ich meine. Wir sind auf einer gedanklichen Ebene. Wir sind das, was sonst keiner ist. »Ich werde für immer dein sein« sagt Lars und zwinkert mir wohlwollend zu.

Ich bin jetzt am Zug und weiß , wie wir für immer zusammen seien können. Ich bin entschlossen und küsse Lars sanft auf die Lippen. Dann hole ich aus. Erst sieht Lars gequält aus, doch dann sehe ich sein Lächeln auf den perfekten Lippen. Danach hole ich erneut aus und setze auch mir ein Lächeln auf. Ich schlafe ein in der Gewissheit, nie von Lars getrennt zu sein.

---

† **Lars Riegenswald**
1983 - 2021

Wir werden dich nie vergessen.

Die (Geschäfts-) Frau

von Amanda Maier

KAPTIEL 1

Er hatte jegliches Zeitgefühl verloren, aber es mussten bereits Wochen sein, die er an dieses Bett gefesselt war. Noch vor wenigen Monaten war sein Glück perfekt und er hätte sich nie träumen lassen, dass sich sein Leben so schlagartig ändern würde. Letzten Sommer hatte er die Frau seiner Träume geheiratet, war mit ihr in ein schönes Vorstadthaus mit perfektem Garten gezogen. Zwei Dinge waren Katharina besonders wichtig bei der Wahl ihres kleinen Traumhauses, ein großer Garten und ein einbruchssicherer Keller. Sie hatte ihm schon kurz nach ihrem Kennenlernen erzählt, das es in ihrer Kindheit diesen Vorfall gab, ein Mann war durch ein Kellerfenster eingebrochen und hatte sie bedrängt, zum Glück war ihr Vater damals dazwischen gegangen, bevor der unbekannte Mann bis zum Äußersten gehen konnte.

Nick nahm die Ängste seiner Frau sehr ernst und als sie dieses süße Häuschen fanden, versprach er ihr die Kellerfenster mit Spiegelfolie zu versehen und schwer zu vergittern.

Er wollte, dass sie sich sicher fühlte und ließ sie ihr kleines Reich so herrichten wie es ihr gefiel, denn ihm war es egal, er war glücklich wenn sie bei ihm war, das reichte ihm.

Sie zauberte einen wunderbar offenen und lichtdurchfluteten Wohnbereich im Erdgeschoss, sowie ein traumhaftes Schlafzimmer im ersten Stock, doch obwohl es noch einen weiteren Raum im oberen Bereich des Hauses gab, wählte sie einen der Kellerräume um ein Gästezimmer einzurichten.

Ihn wunderte dies zwar, aber sie erklärte es damit, das der noch freie Raum doch wohl eher früher als später ein Kinderzimmer werden sollte.

Kinder waren das was sein persönliches Glück perfekt machen sollte, sonst hatte er bereits alles was er sich wünschen konnte, neben seiner wunderbaren Frau, dem Haus, einem Job den er liebte und der ihm gutes Geld einbrachte war er auch von großer kräftiger Statur und strotzte nur so vor Gesundheit und positiver Ausstrahlung.

Eine ganze Zeit konnte er behaupten ein perfektes Leben zu führen.

Nach einigen Wochen bemerkte er, dass sich die Dinge veränderten, er veränderte sich. Sein Elan verließ ihn, er fühlte sich oft träge und lustlos. Ja bald sogar regelrecht schwach, seine Frau umsorgte ihn rührend und machte ihm wann immer er sich so fühlte einen ihrer Kräutertees, die schenkten ihm zwar keine neue Kraft und schmeckten in der Regel scheußlich, aber um sie nicht zu verletzen, trank er sie trotzdem anstandslos.

Mit der Zeit beunruhigte ihn sein Zustand so sehr, dass er mit dem Gedanken spielte einen Arzt hinzuzuziehen. Katharina befürwortete dieses Vorhaben, bestand aber darauf, dass sie ihre Ärztin kommen ließe, da sie ihn für zu schwach hielt um sich auf den Weg in die Stadt zu machen. Er ließ sie gewähren und stimmte zu.

Schon am selben Nachmittag erklärte sich Frau Dr. Hecht bereit nach ihrem neuen Patienten zu sehen. Er war dankbar, das er nicht lange auf einen Termin warten musste, da er inzwischen mit Übelkeit und Erbrechen zu kämpfen hatte.

Gegen 17 Uhr öffnete Katharina der Ärztin die Tür, Nick blieb auf dem Sofa liegen um Frau Dr. Hecht dort zu empfangen.

Nach einer eingehenden Untersuchung entschied sie ihm ein Serum zu spritzen, welches ihm zu einer raschen Genesung verhelfen sollte, außerdem ließ sie ein Medikament bei dem jungen Paar, welches Katharina ihrem Mann zweimal täglich aufgelöst in etwas Tee reichen sollte.

Die Ärztin setzte die Spritze, und nur einige Augenblicke später war es Nick nicht länger möglich die Augen offen zu halten.

Erst Stunden später kam der Mann wieder zu sich und stellte fest, das er nicht mehr auf dem Sofa lag, sondern in dem im Keller eingerichteten Gästezimmer.

Er war allein, zu schwach um aufzustehen rief er nach seiner Frau, doch niemand kam.

In seinem Kopf drehte sich alles, was war passiert, warum lag er hier unten und wie war er hierher gekommen?

Er konnte den Kopf grade noch zur Seite drehen als er sich in einem großen Schwall übergeben musste.

In diesem Moment kam Katharina in den ungewöhnlichen Raum, anders als sonst, wo sie sich liebevoll um ihn sorgte, fuhr sie ihn jetzt nur an, ob diese Schweinerei denn sein musste, sie ging auf ihn zu und versetzte ihm einen Schlag auf den Kopf, bevor sie weiter keifte.

Schlussendlich verließ sie den Raum und ließ ihren Mann völlig verstört zurück.

Was um alles in der Welt war das? Nick verstand die Welt nicht mehr, so hatte er seine liebevolle Katharina noch nie erlebt, er konnte nicht fassen, das das seine Frau sein sollte.

Ihm blieb nicht viel Zeit, bevor sie zurück kam, ausgerüstet mit allem was sie zur reinigen der Schweinerei benötigte.

Sie sprach kein Wort, auch auf seine Fragen antwortete sie nicht, nach getaner Arbeit, verließ sie den Raum.

Nick musste aufstehen, er musste dringend eine Toilette aufsuchen und war froh, das es ein Bad gab, welches diesem Zimmer angeschlossen war.

Allein brachte er nicht die Kraft auf um die Toilette zu erreichen und war heilfroh als Katharina nach Stunden wieder an sein Bett trat. Als er sie vorsichtig bat ihm zu helfen, rollte sie nur mit den Augen und zog ihn kühl und grob aus dem Bett, nachdem sie eine Tasse Tee auf dem Nachttisch abgestellt hatte.

Froh sich mit ihrer Hilfe erleichtern zu können, entschied er sie nicht noch einmal nach seinem derzeitigen Aufenthaltsort zu fragen, wahrscheinlich war sie mit seinem Zustand einfach überfordert. Zurück im Bett bestand sie darauf, das er seinen Tee trinken sollte, das Zeug war widerlich und es bereitete ihm Mühe es hinunter zu würgen. Nachdem er die Tasse unter ihrem strengen Blick geleert hatte, verließ sie ohne ein Wort erneut den Raum.

Es dauerte nur wenige Augenblicke bis er erneut das Bewusstsein verlor.

Die Nacht war bereits vorüber als Nick wieder zu sich kam, er fühlte sich als hätte ihn in der letzten Nacht ein Bus überrollt, sein Magen rebellierte und scheinbar hatte er das auch schon in der vergangenen Nacht getan, denn er bemerkte recht schnell, das er in seinem Erbrochenem lag, nicht in der Lage sich aus eigener Kraft daraus zu erheben.

Erst jetzt bemerkte er, das er nicht allein war, vor seinem Bett stand Katharina mit einer weiteren weiblichen Gestalt, vor seinen Augen verschwamm alles, sodass er sie gleich wieder schloss. Der Stimme nach musste es Frau Dr. Hecht sein, die beiden Frauen unterhielten sich über seinen Zustand, zwar besorgt aber in keinem Fall liebevoll.

Alles klang furchtbar weit weg aber er konnte verstehen, das Katharina sich darüber ausließ, das sie einen anderen Weg finden müssten „das Medikament" in ihn hinein zu bekommen, da er ja alles auskotzen würde, so wäre es ihr zu unsicher, das er weiterhin ausgeschaltet bliebe. Frau Doktor pflichtete ihr bei und versicherte ihr sich eine Alternative einfallen zu lassen.

Nick spürte eine weitere Injektion in seine Vene und verlor wieder vollends die Besinnung.

Nicht in dem Bewusstsein wie viel Zeit seit seinem letzten lichten Moment vergangen war, wachte Nick erneut auf, diesmal war sein Bett sauber, er war nackt und augenscheinlich sogar gewaschen worden. Er konnte sich nicht rühren, seine Handgelenke waren an die oberen Bettpfosten gefesselt, seine Beine durch eine Spreizstange fixiert.

Was um alles in der Welt war hier los?

Sein Blick fiel auf die Zimmerdecke, direkt über seiner Mitte hing ein massiver Karabiner von der Decke und er sollte auch nur allzu bald erfahren, wofür dieser gedacht war.

Er konnte nichts anderes tun als auf seine Frau und die Dinge die da kommen sollten zu warten.

Nachdem er gefühlt Stunden mit dem warten verbracht hatte, rief er nach Katharina, denn ihm war klar, würde sich an seiner Situation nicht bald etwas ändern, wäre sein Bett die längste Zeit sauber gewesen.

Seine Frau musste ihn gehört haben, denn es dauerte nicht lang bis sie an seinem Bett stand.

Ihr Blick war eiskalt, nicht annähernd so liebevoll wie er ihn kannte, er kannte die Frau an seinem Bett nicht, sie wirkte wie eine Fremde.

Auf keine seiner Fragen bekam er eine Antwort, als er verstummte kam nur ein trockenes >> Sonst noch was?<< kleinlaut sagte er ihr, das er mal zur Toilette müsse und sie griff unter sein Bett um eine Bettpfanne hervor zu holen, seine Augen weiteten sich und er sagte erschrocken, das das jawohl nicht ihr ernst sei.

Ein kühles, die oder gar nichts sollte ihn vom Gegenteil überzeugen.

Widerwillig ließ er sich die Pfanne unterschieben und sie verließ den Raum mit den Worten, dann bist du ja auch bereit für deine Medizin.

Seine Lage war mehr als entwürdigend, aber aufgrund des Dranges in seinem Darm hatte er keine andere Wahl als sich in das kalte Metall zu erleichtern.

Es dauerte eine gefühlte Ewigkeit bis die Frau die ihm jetzt beängstigend vorkam zurück war, jeder zu lang auf der Bettpfanne verbrachte Moment war ein scheußlicher Moment, aber nichts im Gegensatz zu dem, was noch auf ihn zukommen sollte.

Als Katharina zurück kam und ihn von der Bettpfanne befreit hatte, legte sich ein Grinsen auf ihr Gesicht, eines der teuflischen Art... was war nur mit der liebevollen Frau passiert, in die er sich einst verliebt hatte? Eines war Nick klar; diese Frau , die jetzt hier an seinem Bett stand, hatte nichts mehr mit seiner Katharina zu tun.

Er wurde aus seinen Gedanken gerissen als Katharina ihn an der Spreizstange packte und diese in den Karabiner einhängte der sich über ihm befand, er konnte nicht anders als schockiert zu fragen was sie täte und mit ihm vorhätte.

Sie begann hämisch zu lachen und erwiderte ihm, das er seine Medizin jetzt bekäme.>>Du kotzt ja alles aus also musste Frau Dr. sich einen anderen Weg überlegen, wie wir das Zeug in dich rein bekommen<<

Der Groschen fiel als Katharina sich einen Gummihandschuh anzog und einen Blister mit Zäpfchen in die Hand nahm. >> Das kannst du nicht machen! Mach mich los, ich brauche das Zeug nicht, ich fühle mich schon besser<<

>>Ja eben, wir wussten nicht wie viel von dem Nenanab du gestern wieder ausgekotzt hast, deshalb mussten wir warten bis auch der Rest sicher aus dir

raus ist... wir wollen dich ja nicht durch eine Überdosis versehentlich umbringen<< sie funkelte ihn grinsend an, während sie mit einer Tube Gleitgel hantierte.

Er verstand nicht, was für ein krankes Spiel wurde hier gespielt? Und wen meintet sie mit „Wir", die Ärztin?

Ein schallender Schlag traf ihn auf seine Kehrseite bevor er spürte wie sich einer ihrer schlanken Finger den Weg in sein Inneres bahnte.

Bis zum Anschlag schob sie sich in seinen Darm, nur um schlussendlich noch einmal kräftig nachzustoßen.

Unwillkürlich entwich eine Träne aus seinem Augenwinkel, ihm war nicht klar ob vor Schmerz oder aus Scham.

Während sie in ihm steckte, wagte er sich nicht zu bewegen, aus Angst das es noch unangenehmer werden könnte.

Als sie sich jedoch aus ihm zurück gezogen hatte, um eines der bereits demonstrierten Zäpfchen aus der Verpackung zu befreien, ließ er seiner Wut freien Lauf. >>Du Schlange, was soll das? Was machst du mit mir? Lass mich hier raus! Wenn das ein abgefucktes Vorspiel sein soll...<<

Weiter kam er nicht bevor ihn ein weiterer beißender Schlag traf. Ohne zu zögern spreizte sie nun seine Backen und setzte das Zäpfchen, welches mindestens die Ausmaße seines kleinen Fingers zu haben schien an seiner Rosette an. Ein beherzter Stoß und das Ding war inklusive ihres Fingers in ihm verschwunden. Nick konnte einen Aufschrei nicht unterdrücken, nicht in der Lage einen klaren Gedanken zu fassen oder etwas zu sagen.

Katharina schien den Anblick ihres ausgelieferten Ehemannes zu genießen, sie zog sich grinsend aus ihm zurück, mit den sarkastischen Worten >> jetzt kannst du kotzen soviel du willst.<<

Nahezu zwei Wochen verbrachte er in dieser Situation, eins war ganz klar, die „Medikamente" nahmen ihm die Kraft, er bekam alles mit war aber außer Stande sich zu wehren. Katharina versorgte ihn mit dem nötigsten und zweimal täglich auch mit ihren speziell für ihn organisierten Arschtorpedos, die sich so widerlich schäumend in ihm auflösten, um das in ihnen enthaltene Gift freizusetzen.

Durch die Fesseln, weder in der Lage sich zu wehren, noch davon zu laufen, fristet Nick Tag für Tag in nahezu vollständiger Isolation. Zu diesem Zeitpunkt war ihm nicht klar, dass er sich danach noch zurücksehnen sollte.

Eines nachmittags kam Katharina zu ihm und wedelte mit einer kleinen blauen Pille vor ihm herum. Er verschloss seine Lippen fest, nicht gewillt es ihr leicht zu machen noch mehr Chemie in ihn einzuflößen.

Sie packte sein Gesicht, bohrte ihre Finger in seine Wange und zwang ihn so seine Kiefer zu öffnen. Dabei funkelte sie ihn böswillig an und sagte nur sie würde in ihn bekommen was sie in ihn bekommen wolle.

Seine Kraft reichte nicht aus um sich gegen sie zu wehren, dieses Gift laugte ihn völlig aus.

Es dauerte nur einige Augenblicke bis es an der Tür klopfte, er sah erschrocken auf, nahezu hoffnungsvoll an den Gedanken geklammert, das es jemand sein könnte, der ihn aus seiner Lage rettete. Eine Frau mittleren Alters trat ein. Katharina schien die Frau zu kennen, sie ging auf sie zu und sagte ihr, ich sei vorbereitet und sie solle sich nehmen was sie bräuchte, zur Sicherheit aber meine Fesseln an Ort und Stelle lassen, ohne sich noch einmal nach mir umzudrehen ging Katharina ihrer Wege, alles was ich von ihr noch vernahm war ein kühles >>alles was über eine Stunde geht wird nachgezahlt<<.

Nun setzte sich alles in Nicks Kopf zusammen, das Schwächen, die Fesseln, die blaue Pille, jetzt diese Frau die sich nehmen sollte was ihr beliebt, solange sie dafür zahlte.... sie vermarktete ihn!

Er begann lautstark zu protestieren und mobilisierte alle Kräfte die er aufbringen konnte, doch alles winden und schreien brachte nichts, er war ausgeliefert.

Nick hatte keine Ahnung wer die Frau war, aber die Tatsache, das sie direkt anfing sich seinem besten Stück zu widmen, ließ keinen Zweifel daran was sie wollte. >>Na mein kleiner Sahnespender. Dann wollen wir dich mal zum spritzen bringen.<< Sie holte einen kleinen Plastikbecher aus ihrer Tasche, nahm den Deckel ab und stellte ihn griffbereit zu Seite, bevor sie von dem bereitliegenden Gleitgel nahm.

Nick wollte nicht von ihr berührt werden und sowie es aussah schien sein Körper sich auch zu weigern auf ihre Reize zu reagieren.

Die recht große und eher korpulent gebaute Frau lies sich davon nicht aus der Ruhe bringen. >>Na das haben wir gleich<< meinte sie nur. Während sie mit der einen Hand weiter seinen Schwanz wichste, schob sie einen Finger der anderen Hand tief in seinen Arsch, sein Anus zog sich augenblicklich zusammen und sein Körper versteifte sich. Er war durch die täglichen Zäpfchen inzwischen daran gewöhnt etwas in den Arsch zu bekommen, aber in diesem Moment war er darauf nicht gefasst.

Gekonnt massierte die Frau seine Prostata, und so sehr er sich auch dagegen wehrte, so konnte er doch nichts dagegen , dass er eine Erektion bekam. Ein Stöhnen entkam seiner Kehle und er konnte sich kaum daran hindern dem Höhepunkt nicht entgegen zu fiebern.

Es dauerte nicht lange bis sich der Finger ruckartig aus ihm zurückzog und der bereitgestellte Becher, das von ihm ausgestoßene Sperma auffing.

>>Geht doch<< sagte die fremde Frau, verschloss den Becher stand auf und ging. Nick wurde zurückgelassen.

Auf diese erste Frau, die ihn vergewaltigte und auf sein Sperma aus war, folgten noch viele weitere, manchmal sogar drei oder vier an einem Tag.

Diese Frauen konnten unterschiedlicher nicht sein, aber alle wollten sie an sein Erbgut und auf dem Weg dorthin „nur" geblasen oder gewichst zu werden, war noch das harmloseste, einige von ihnen lebten ihre wohl dunkelsten Fantasien an ihm aus. Inzwischen legte Katharina ihm immer einen Knebel an, da sich einige der Frauen wohl über seine Äußerungen beschwert hatten.

Die einen benutzten Becher die andern ließen sich direkt von ihm besamen, wie zum Beispiel Joe, Nick hatte ihr diesen Namen gegeben ihre wahre Identität kannte er ja nicht. Joe war eine der jüngsten Kundinnen seiner Frau, sie war nicht älter als Mitte zwanzig und wusste ganz genau was sie wollte. Nachdem Katharina den Raum verlassen hatte, begann Joe Nick in die für sie perfekte Position zu bringen, indem sie die an ihm befestigte Spreizstange an den Karabiner hängte, so dass sie seinen Arsch direkt vor sich hatte. Sie holte aus und legte einen Schlag auf die rechte Seite, der ihren Handabdruck noch lange zeigen sollte.

Er konnte ihr grinsen praktisch spüren noch bevor er es sah.

Sie nahm einen Hub Gleitgel, aus dem großen Pumpspender der die Ausmaße hatte, um eine Woche ein ganzes Bordell damit bewirtschaften zu können,

und ließ ihren zarten Zeigefinger immer wieder um seine Rosette kreisen, bis sie ihn ein kleines Stück in seinen Anus gleiten ließ.

Zu seiner Überraschung war sie recht zärtlich, eine so nachsichtige Behandlung war er nun wirklich nicht mehr gewohnt, die meisten anderen Frauen waren grob und behandelten ihn wie Vieh.

Joe holte etwas aus ihrer Tasche, dass sie ebenfalls mit Gel benetzte bevor sie es an seinen Anus hielt.

Sie baute immer mehr Druck auf und sein After dehnte sich, sie drang langsam aber unerbittlich vor, Nick konnte nicht anders als zu stöhnen, mehr vor Schmerz als vor Lust, sein Loch hatte sich noch nie so weit dehnen müssen, er hatte das Gefühl zu zerreißen. Was auch immer sie versuchte in ihn zu schieben hatte die Ausmaße eines stattlichen Hühnereis. Als die umfangsstärkste Stelle seinen Schließmuskel passiert hatte, glitt das „Ei", durch das schnelle zusammen ziehen seines Schließmuskels noch ein Stück seinen Darm hinauf.

Er konnte es genau spüren, ein unbeschreiblicher Druck, den er so noch nie gespürt hatte raubte ihm fast den Verstand.

Die junge Frau ließ von ihm ab und zog langsam ihre Sachen aus, wohlweislich, dass er sie dabei genau beobachtete.

Völlig nackt, ging die rothaarige an seinen nach oben gestreckten Beinen vorbei, kletterte auf sein Bett und hob eines ihrer schönen langen Beine über seine Rumpf, sodass ihr Körper nackt direkt über seinem ragte.

Die Spitzen ihrer Brustwarzen, berührten seinen Oberkörper, sie strich mit ihnen bewusst über seine Haut.

Nick gefiel was sie Tat und doch war es nicht richtig, er wusste das die Frauen ihn immer dazu bekamen sein beachtliches Glied in den Höhe zu recken aber er wehrte sich innerlich immer so lange er konnte. Jetzt mit einem hühnereigroßen Gegenstand in seinem Arsch fiel ihm das allerdings wirklich schwer.

Joe griff unter sich, und machte ein nicht sehr erfreutes Gesicht als sie spürte das noch kein harter Ständer auf sie wartete.

Nick hatte den kleinen Gegenstand ihn ihrer anderen Hand längst bemerkt, konnte aber aufgrund seines Knebels nicht danach fragen.

Mit einem Grinsen im Gesicht offenbarte Joe ihm was dieses nette kleine Spielzeug konnte, sie hielt ihm die kleine Fernbedienung vors Gesicht und betätigte den Knopf der mit ON gekennzeichnet war.

Augenblicklich spannte sich in Nick alles an, mit der kleinen Fernbedienung brachte Joe das Ei in seinem Arsch zum vibrieren. Durch das anspannen der Muskulatur in seinem Gesäß hatte er das Gefühl das Ei noch hoher zu treiben, es schien direkt an seiner Prostata seinen Platz eingenommen zu haben.

Joe brauchte nicht noch einmal unter sich fassen , sie spürte seinen steil nach oben gerichteten Schwanz an ihrer empfängnisbereiten Lustgrotte. Sie brachte sich so in Position, das seine pralle Eichel, direkt am Eingang ihrer Scheide lag, bevor sie ihn mit einem beherzten Ruck gänzlich in sich aufnahm. Nick schmiss seinen Kopf zurück, kaum in der Lage an sich zu halten. Joe regulierte die Vibration in seinem Arsch höher während sie ihn hart und schnell fickte.

Er spürte wie seine Hoden sich zusammen zogen und er all seine Lust tief in ihre empfangende Fotze spritzte. Sie begann ihr Becken zu kreisen während sein Schwanz tief in ihr steckte.

Nicks Unterleib zuckte unaufhaltsam vor sich hin, er konnte nur hoffen, das sie ihn bald von diesen Reizen erlösen würde.

Nach wenigen Momenten dann, das ausschalten der Vibration, nachdem Joe von ihm abgestiegen war.

Sie zog an einer Art Rückholschnur das Ei langsam wieder aus seinem Hintertürchen, nachdem sie sich in aller Ruhe angekleidet hatte.

Sie machte alles sauber und legte sich noch eine kleine Weile in Nicks Arm, bevor sie ihm einen Kuss auf die Wange hauchte und sich von seinem Bett erhob.

Im Gegensatz zu den anderen Frauen, die in aller Regel wortlos verschwanden, nachdem sie hatten wonach sie gierten, drehte Joe sich noch einmal zu ihm um und sagte >>Wenn es nicht geklappt hat, werde ich wohl wiederkommen müssen<< sie lächelte und verließ den Raum.

Auch wenn Joe nur eine dieser Frauen war, so mochte er sie irgendwie.

Am selben Tag kamen noch zwei Frauen, die ihn molken, aber denken konnte er nur an sie, vielleicht würde sie wieder kommen und vielleicht ja ganz vielleicht würde sie ihn ja sogar eines Tages retten.

Nicks Alltag änderte sich niemals, er bekam nach wie vor die Medikamente die ihn schwächten, die blauen Pillen die ihn trotzdem funktional machten und Besuch über den er sich nicht freute.

An guten Tagen waren die Frauen nur kaltherzig an schlechten lag er nachts verwundet unter Schmerzen in seinem Bett, so manches Mal wünschte er sich am nächsten Morgen nicht mehr aufzuwachen.

So oft hatte er versucht sich zu befreien, er hatte versucht Katharina zu überrumpeln wenn sie sich in

Sicherheit wog, anfänglich hatte er auch versucht die Kundinnen auf seine Seite zu ziehen, was ihm allerdings nur den Knebel und Schläge einbrachte.

Er wollte nicht mehr kämpfen, er wollte das es einfach vorbei war.

Alles was ihn aufrecht hielt war der Gedanke an Joe und die Hoffnung, dass sie eines Tages zu ihm zurück kommen würde.

Welche Geschichte hat dein Leben geschrieben?

Schreib dich auf den 27 Seiten frei. Am Ende sei wer du seien willst. Verfasse Texte oder nur einzelne Wörter. Verschwende die Seiten nicht sondern nutze Sie für deine eigene Geschichte. Danach sei wer immer du seien willst.

Kapitel 1 meines Lebens

ENDE